내가 스패너를 버리거나 스패너가 나를 분해할 경우

임재정 시집

문예중앙시선

55

내가 스패너를 버리거나 스패너가 나를 분해할 경우

임재정 시집

문예
중앙

나는 즐거워

세상은 온통 고장 난 것들뿐이니

차 례

해설

□ 한 연이 첫 번째 행에서 시작될 때는〉로 표시합니다.

1부 내연기관들

이은주[*]

나를 볼까 눈을 찔렀다는 너에게
손목을 잘라 보냈다
잡을까 두려웠다고 단면에 썼다
붉은 소포가 검게 얼룩져 되돌아왔다

뉘신지, 저는 눈 찌른 뒤 그 밖의 것들이 열려, 온 데가
꽃필 것 같습니다만

밤하늘엔 온통 검은 속 흰자위 하나

발바닥에 든 초승달을 품다
떨리는 꼬리를 얻고 나머진 다 잃었던가요

반목하는, 눈 찌른 밤을 손목 자른 밤에 잇느라
뜬눈으로 가로지르던
새 한 마리

[*] 나침내 꽃이 된 이를 가리키는 일반 명사

내연기관들

1

둘을 손잡게 한 것은 난로였어요 불이 탈 때 빈방은 부풀죠 내가 당신을 땔감으로 쓸 동안

빈방이라는 것은 누군가 머무른 적이 있기 때문

2

기적처럼 들끓는 난로

나는 불꽃을 손질하죠 불꽃은 반대편을 일으키고 당신을 마주 앉힙니다 끊임없는 관심이 필요한 주전자의 투정 따위를 귀담지는 않아요 부글거리는 점괘 속의 미래도 관심 밖이랍니다

다만 우린, 엉길 그을음을 손사래 치고 싶을 뿐

3

펄펄 끓는 아이의 이마, 부적처럼 당신은 말이 없어요 내 얼굴과 당신 혀를 가진 아이는 만능열쇠가 아니에요 아이 이마에서 우린 계획적으로 어긋납니다

〉

4

　그냥, 그런데 왜요? 오늘 우리는 존칭을 씁니다 예의는
거리 유지에 적당한 장치, 불꽃이 남긴 그을음을 찍어

　각자의 이름을 써요 그을음으로
　그을음을, 그리곤 등을 보이죠
　식은 주전자가 난로 위에 체기 같습니다 찻잔을 깬 것이
　딱히 나빴던 건 아니었어요 마시려던 게
　서로 다르다는 걸 알게 됐으니까

　5

　난로에 내밀던 네 개의 손을, 빈방을 삼킨다 그런 식이
다 가끔은 머뭇대며 전화를 들고 수화기 속 아이를 기다리
다 시무룩해지기도 한다 우린 앞으로 퇴보하는 생을 즐길
것이다

　뭉텅, 뒤로 천 년이 흐른다

몹시 구릿한 로켓

1

춘천 어느 닭갈비집엔 양변기 두 개 나란한 화장실이 있죠 거기서 나는 당신 구린내를 연료로 날아오르는, 희고 둥근 엉덩이 로켓을 보았습니다만, 안녕? 그때 내가 건넨 인사는 로켓에 대한 예우였을까요 어떤 좌표를 가졌기에 우린 발사대에 마주 앉았을까요

2

왜 있잖아 그때, 네가 말하고
맞아 그런 적 있지, 끄덕이는 나를
훅- 찌르고 가는 냄새
얼굴을 찡그리면 말도 구려지드라, 나는
내일은 더 구릿해야 사는 것 같은데
네가 나사고 내가 드라이버여도, 내게 비집고 네가 박혀도 우린 함께 꿈꿀 권리의 이쪽과 저쪽, 그러나 비눗갑에 불어터진 나는 손 내민 네게서 미끄덩
완벽한 하나면서 우린 불안한 둘

〉

다 그렇지 뭐, 쪼그리고 바투 앉아
네가 끄덕이는 내 꼴이 큼큼할까 봐
사는 게 냄새지, 얼버무리다가
먼저 일어서기 머쓱해
나란히 변기 두 개는 좀 그렇다 그치?
그러자 대뜸 큰 소리로 쏟아지는 물

아무렴!

새벽 네 시의 지느러미

불빛, 벽지를 흘러내리는

녹, 대못 친 쪽창의 붉은

뒷골목, 술 취한 자들이 괴춤을 푸는

노상방뇨, 나는

어쩌다 물 냄새에 웅크린

사구의 한 움큼 모래, 밤이면 사막 한가운데 끌려가서

물기란 다 빼앗기고 쫓겨 오죠

늘 이런 식이에요 새벽은, 죽지 않을 만큼만 말예요

종소리가 들어 올린 새벽 네 시 십자가 아래, 토사물 엉긴 구두 몇 켤레 모여들어요 무릎 꿇고 나는 올려다봅니다 뾰족탑 꼭대기 두 팔 벌려 못 박힌, 당신이라는 물기

(누가 이마에 피뢰침을 꽂았을까요)

뾰족탑에서 흘러내려 비좁은 나의 창문으로 스며드는, 당신 귓불에서 더러운 발끝까지 입 맞추는 그때만큼은 내

게도 지느러미가 돋는 때

메마른 몸으로 당신 씻을 수 있다면

불경스럽지만, 다행이에요 이렇게라도
흔들린다는 거

눈사람의 가계

수염을 달아 어른인
사람, 풀풀한 사람 눈사람

어제 눈 더미를 굴려
나를 뭉쳐낸 아버지, 아이야 어디 있니
나는 반듯한데 삐딱한 햇빛의 시비
집에선 그림자째 사라진 네가
대못 친 다락에서 불쑥 발견된다 해도
놀라지 않으마, 나 눈사람은

(햇빛의 스파이)

수염에서부터 서둘러 녹아내리는 꿈의 부동자세
마술을 잃은 아이는 위태롭단다, 그러므로

또 한 차례 지상을 휩쓰는 눈보라의 주문
철철 달리는 물의 철도도 구름의 바퀴도
다 같이 공존할 수 있는 곳, 다락방

아주 작은 창가에 쪼르르, 달라붙어

어이, 아버지 네 다락방에

나를 데려다주지 않겠니, 난 네 아들이니까

흘러내리는 수염을 붙잡고 물소리로, 어쨌거나 흠!

사다리를 탄 피노키오

거짓말이야 당기는 음식도 오늘도 오늘이라는 구획까지도 늘이라는 항상성까지도 하늘의 떠돌이 구름조차도, 듣지 않을래 누구의 충고도 그냥 가져 가는 척이라도 해줘 참말 거짓이야 이 부탁마저도

옷 그을리는 줄 모르고 난롯가에 붙은 난 왜 이리 추울까 발 동동 구르며 구름 둥둥 구월을 떠돌며 혀 날름대는 불과 통성명이나 하며 손바닥에 숨어든 물무늬나 녹이며, 그러나 물무늬는 천리 밖을 달아나고 구름 출신 물방울은 얼음 사다리를 타고 자지러지고, 귀 막고 눈 가리고 까치발로 기다려줘, 문밖을 더듬는 거짓엔 문고리가 없고

나는 젖은 나뭇결무늬 땅에 묻으면 꿈틀대는 얼룩 귀뚜라미가 참 좋아하는 지하 나선 계단에서 레이스 부푸는 시월을 기다리지 가을은 금세 밑 빠진 겨울에 닿거든 거기선 모든 거짓이 싹터 눈으로 새하얘지니까 불도 물도 다 삼킨 나는 장차 시큰둥한 눈사람이 될 테니, 어린 나는 얼룩, 구두코가 자라는 거짓

잠; 나비박제

등으로 무게 중심을 옮긴다

침대를 바꾸면 꿈도 체위를 달리하지 투명한 졸음이 나를 침대에 묶으면 스위치에서 엎질러지는 골방의 체제, 순서도 없이 배접되는 조각보; 꿈은, 잠잠과 생생을 반복하는 나를 재배열하거나 금홍은; 손 뻗어 나를 태엽 감을 수 있다

금홍이 자기라고 부르면 앵무가 되어 종종거린다 지루해지면 누가 먼저랄 것 없이 혀를 뽑아 스스로를 찌르기로 해

사람들은 저마다 한 켤레의 꿈, 벗어둔 날개 속으로 몸을 밀어 넣고 등 뒤의 생을 건넌다 이 꿈과 저 꿈이 몸 가운데서 오줌과 정액으로 꽃피고 진다 밤이면 눈꺼풀 속 사원으로 출가하는 이는 아침마다 파계하는 나와 완벽히 한 쌍이다

눈 감고 박제되어 매번 몸 안에서 눈뜬다

나와 금홍에게 헌화

엣-취, 내가 재채기한
불빛, 일으켜 세운
집, 내가 지은
죄

등 하나 밝히고 마주 앉아 우린 왜 서로를 들키고 찡그리나

스위치를 끄면 당신이 켜진다
죄지은 나를 끄덕인 흠결로
당신은 흉가, 켜켜이 쌓아 올린 어둠이 한꺼번에 풀썩,
무너져 내리고

아 눈부셔, 내가 산란하며 소스라치면 쏴아, 해일을 물고 은하가 쏴아, 밤의 문턱을 넘고
당신은 심중부터 자지러지지

그렇다면 당신, 천 개 파도를 단 하나의 주문으로 일으켜

꽃 꺾은 나를

용서하지 말까

우리 함께 낭떠러지로

죽어라 밀어 떨어뜨리며

환한 죄 될까

스패너와의 저녁 식사

모차르트와 칸트는 잘 몰라요 마구 대하면 물고 열 받은 만큼 체온이 변할 뿐이죠 스패너 말이에요 내 손바닥엔 그와 함께한 숱한 언덕과 골짜기로 가득해요 지친 날엔 함께 사촌이 사는 스페인에 갈 수도, 집시로 가벼워질 수도, 공통적으로 우린 공장 얼룩 비좁은 통풍구 따위에 예민합니다

초대합니다 나의 반려물들과 친해져보아요 틱 증세가 있는 사출기는 덩치가 커다랗지만 사춘기고요 스패너는 날렵한 몸매에 입과 항문을 구분하지 않아요 악수할까요? 용기와 침하를 거듭하는 진화론을 두 손 가득 담아드리죠

아홉 시 뉴스를 쓸어 담은 찌개가 끓어요 (패륜이란 내가 스패너를 버리거나 스패너가 나를 분해할 경우) 세제로 지문에 퇴적된 기름때를 문지릅니다 무지개를 문 거품을 분명한 목소리로 무지개라 부릅니다

함께 늦은 저녁을, 숟가락에서 마른 모래가 흘러내려요 건기인가 봐요 우리를 맺어준 물결은 어제처럼 흔적뿐

몇 개의 공장 지나 강을 따라 우린 바다에 닿을까요 출항을 꿈꾸는 침대가 삐걱댑니다 마침내 스패너는 분무하는 고래가 되고 나는 검푸른 등을 타고 남태평양을 항해하는 꿈, 당겨 덮습니다

L과 나의 분식회계

내가 나와, 내가
내 안의 나와 내 안의 또 다른 내가
내가 아닌 척하는 무책임한 나와
모두가 나여서 시름시름한 내가

그러면 놈은 내게
내가 나인가 따져 묻다 혀가 갈라지고
조목조목 여죄를 캐는 초침 소리처럼 놈은 턱을 치키고
내게, 내가 나인지, 나 중 어떤 나인지, 불치인 어떤 덩어
린지

심장이 힘줄을 쏟아 망치를 내려치고 손끝에서 불꽃을
일으키고 마침내 발아래 수북이 오욕칠정을 쪼아낸 석공
이 수만 번 청해 모신 얼굴이 부처의 표정을 가질 때까지,
묻고 캐고 따지는

내가, 끄덕이는 나와
여러 번 부정한 나를 손 마주 잡고

당신을 이해해요 말갛게 눈알을 씻으며
밥 먹고 합시다, 그러나 얼마를 끓여도 나는
나 가운데 뜸 들지 않는 나를
끼니삼아 연명하며

목 조르다 끄덕인다, 나를

회소회소[*]

탕!

침침한 건물의 창가나 옥상 모서리에서 방아쇠가 고요를 찢는 소리, 영화에선 쉽게 주인공의 총이 적 네댓쯤은 단번에 쓰러뜨리던데, '비정성시'에선 주인공이 가슴을 움켜쥐고 나가떨어지기도 하던데

2

칼날에 결을 찔린 대처럼 딸꾹, 나는 칼날보다 빠르게 쪼개짐에 잇닿아버린다

형광등 불빛보다 먼저 모서리를 일으켜 세우는 살림들, 어떻게 내가 사물의 배경으로 내팽개쳐지는지, 이건 아니다 이러자던 게 아니었다 회소- 회소-

스위치를 켤 때마다 딸꾹, 나는 불완전연소로 얼룩져버린다

〉

3

두 영혼을 가진 주인공들의 경우, 내부의 또 다른 영혼
으로 건너뛸 때(이를테면, 지킬이 하이드에 가닿을 때) 딸
꾹! 자기를 거부하는 현상과 마주한다 등 뒤를 눈앞에 펼
치다 가랑이가 찢어지는 '딸꾹'은 내가 불쑥 여기를 달아
나다 진공이 깨지는 소리

탕! 내가 쏜 총알이 등에 날아와 박힌다 슬로비디오로
나가떨어지는 하이드의 육체를 허공에서 내려다본다

빈방이다

* 히쇼곡, 『삼국사기』에 전하는 패자의 노래.

송장벌레의 혹하는 노래

산이나 들에서 작은 동물의 엎친 시체를 만나셨다면 당신을 버리고 떠난 애인이거니, 이를테면, 사랑은 변기보다 더러워서 당신이 머뭇대며 막대기로 들쳐본 시체, 그 아래 검게 꾸물거리는 곤충들을 보셨는지, 누군가의 애인이 틀림없을 우린, 애초 무엇이었습니까?

당신을 파먹는다 내 얼굴이

빚어낸 표정, 당신을 웃는다

바나나를 왜

헤이 샘!

　샘 이전과 이후로, 물론 기준점은 샘이 아니야 '반으로 자른 바나나'라고 할 때 바나나가 떠올리는 분단을 말하는 것과 비슷하지 우리네를 둘러싼 날씨, 어쨌거나 바나나와는 무관한 샘, 하루에 몇 번은 누구에게나 담백한 자기에게로의 여행을 권하는 샘, 고해성소의 사제가 되어 찾아온 이의 비밀을 묵묵히, 그러나 미친 듯 게워내기도 하는, 그러니까 급히 현관으로 쏟아져 화장실로 뛰어든 아이가 쭈뼛대며 구조를 청할 때처럼, 당연히 그때를 위해 뚫어뻥이 존재하긴 해, 샘도 알잖아 늘 표정을 바꾸는 근현대사의 뒷골목에서 아이들이 겪는 위경련과 변비를, 배려가 필요해, 말할 수 없는 모든 구린 것들에게, 사랑하는 샘, 우리는 희망해, 샘이 보다 넓은 토출구를 갖게 되기를, 샘 이후로는 더욱더 샘인 샘을, 그러다가 또 게워낸들 미워할 수도 없는, 참 여긴 '두 조각으로 나뉜 바나나'라고 말하면 애초에 없었을지도 모를 이쪽과 저쪽이 홍해처럼 갈라지는 동네야, 부탁해

　바나나를, 그럼 이만

피그미 아빠의 나른한 동물원

나의 라임 오렌지 나무에 기대어 친구를 기다려요 제제, 너도 방학이니?

제제가 채 답하기도 전에 배달되는 학습지, 첫 장 둠벙에 엉덩이를 들이민 동생이 소금쟁이로 따라듭니다, 귀찮아! 내가 아빠한테 배운 괜찮아, 로도 들리는 말, 동생의 물탕이 쪽잠 든 아빠 소파를 간지럽힙니다

달랑 목소리만 선잠에서 깨어 우릴 어르는 아빠, 둠벙 저쪽 라임 오렌지 나무는 나처럼, 언제나처럼 쓸쓸합니다

밤낮의 경계는 붉은 입으로 어홍! 하구요 갓 켠 나무 냄새를 문 아빠의 하품은 동물원을 펼쳐냅니다 동물들은 다아는 얼굴입니다 밤새 일하는 긴밤지새우는 아빠 팔뚝에 숨고요 위층에 사는 두 발 달린 네 발 짐승 울보뗴보나무늘보는 천장을 쿵쿵거리죠 대체 잠은언제자누가 달아난길로 사탕사자 응? 칭얼대는 동생, 어디에나 그림자인 척하이에나도 따라붙습니다 피그미 아빠가 야근을 가면 금

세 동물원도 지워지죠 우린 훗날 될 동물 얼굴을 달고 서
로 어깨를 묻습니다

　봄 방학은 손잡이에 엉긴 아이스크림만큼, 좁은 집은
어디든 구석인데 우린 반죽처럼 뒤채고 부풉니다 베란다
를 빠져나간 햇볕은 밤새 어디서 무얼 부풀리려는지
　제제를 기다릴 동안 영구치가 흔들리는 이를 밀어냅니
다 욱신욱신 동물원이 줄어듭니다

내 친구는 정원사

인사해

내 친구 포크레인이야

천천히 혀를 말고 포-크-레-인 해봐

손잡고 돌던 멜로디를, 소녀를

황토밭을 내닫는 소나기를 만날 수도 있지

아- 알았네, 이런 얼음덩어리들 하고는

꼭 Rain이 아니면 어때, 근사하잖아

이름만으로도 설렐 친구가 있다는 거

여기저기 장지를 떠도는 일이

꺼림칙했을까, 딸꾹질은

나잇살이나 먹은 목젖을 흔들어 깨우고

목숨은 죽어서도 저마다 구근 한 알인데

소개할게, 이쪽은

꽃나무를 심고 화단을 꾸리는 미스터 포크레인

동행자, 나의 숟가락, 거대한 주걱으로 영혼의 밥그릇

다독이는 이, 일 다 마친 氏가 묘지 한쪽에 쉴 때면 합장한
품새가 좋이 명산대찰 큰스님이라니까

　어허, 사람들
　어깨들 풀고 인사 좀 놓으라니까
　이쪽은 포크레인이야

나비

1

움켰던 주먹을 펴 봄이 온다면, 낮잠에 든 장자가 나비 날개를 얻었다면, 그것은 울 안 복숭아나무에 앉았던 분홍

2

나비 겹눈으로 여미던 삼천 조각의 나를 당신이 외면한다

오늘 당신은 달아나는 중이므로
내 질문은 대상을 잃는다
이후 당신은 밀물과 썰물로 되풀이되는 현상
밀물 든 악몽에 발이 끼었는데 빠지지 않는다

밀물을 견디다; 달이 지구로부터 돌아앉듯 나를 피해 당신이 숨는다; 웅크린 자세로 짓는 그믐이라는 당신의 표정; 당신이 들여다본 나란 낭떠러지일 수도 있다는 생각; 나의 어제에 볼모 잡힌 당신은 이제 어떤 날개를 얻어 불치인 꿈에서 벗어나시려는지

〉

3

다시 올 것처럼 날아오른 당신은 이제 나를 모른다 한다 끄덕이는 순간 봄날이, 사소한 이유로 꽃들이 진다

4

우편함에 날아든 나비를 보았다 내가 지구에서 만난 가장 눈부신 혼인색, 봄꿈이라는 당신

나비 겹눈 속 밀물이다, 붉은 폭설이 흩날린다

공원묘지 가는 길

길 모롱일 돌면 꽃들이
모롱이마다 화들짝, 꽃들이
찡그린 골목을 펴며
화들짝, 표정을 바꾸며 꽃들이

내가 부르고 불리어지고 너를 만나고 웃고 울고 꽃 피고
지고 어깨 내어주고 열매 맺고 꺾고 꺾이고, 어느 날은 골목
어귀에 기대어 촛농을 떨구며 타들어가고 조마조마 골목
을 외면하며 안개꽃 한 아름의 세월 총총 잘도 질러가고 또
다른 날엔 원심력에 쏠린 살림을 달래다가 까무룩, 안개 더
미가 일어 작고 여리고 흐릿한 발자국을 삼키며 소실되고

굽은 등을 다독이느라 골절된 골목이 목발을 짚고 짚어
가지

모롱일 돌면 꽃들이
꽃 피는 일을 끝낸 뒤 저물어간다
꽃밭에 가려면
골목의 숱한 쪽문들에게 손 흔들어야 한다

꽃피는 자세, 하품

대환영이야, 낯선 사물들을 늘 새로이 얼크러지는 시야를 우연히 몸에 숨어들어 손톱을 깨우는 쥐벼룩을, 온몸이 움찔대는 가려운 안팎 나는, 어쩌다 한 입에 두 혀를 받아들였을까 움직이는 어느 것이든 음식으로 바뀌는 발아래, 죽은 척 웅크리고 붉은 아가리가 될 테야

침 흘리는 혀를 경멸해, 할퀴려는 발을 꾸짖어, 날아가는 화살을 탄식해, 수염에 부딪는 공기 속으로 이빨보다 붉은 장미가 피지만, 난 채식주의자 나비가 될 테야

눈동자 속에 공원 그늘을 끌어들이고 게으른 정물이 되어 기다려, 누구든 걸어들기를! 한껏 경계하다 내 물컹한 혓바닥에 앉아 쉬기를, 태연히 걸어 나가기를

저쪽을 상상하는 모퉁이가 자랑스러워, 강장동물인 꿈이 도처에 함정을 낳는, 이보다 가려운 긍지가 어디 또 있겠어? 바깥이라는 입 하나로 가려워

야-옹

귀거래

나를 좇다가 숨을 놓칠 때 있다

주인을 문 개의 술렁이는 눈, 너를 흔들어 보내던 손

순번을 바꾸며 흩어졌다 모이는 손바닥의 물결들

일렁이는 것들은 반사면을 갖는다

오늘이 어제의 속편이라고?

얼비친 창밖엔 빗방울이 웅덩이를 담금질하고 있다

눈을 감으면 내가 꺼질 것 같아

눈꺼풀 속에 남아 떨리던 잔영들, 그 흔영에

경의를 표하느라 초점을 흐린 적이 있다

〉

새벽 종소리의 돔 아래 모여 모자를 벗던 사람들

우연이라고? 먹은 생선들이 어떻게

화살표가 되는지, 무엇이 얼비치기에

손바닥엔 그토록

2부 샴, 당신들의 이야기

달달당국記

당신이라고 말할 때
입 속은 온통 당분의 분자 구조로 바뀌죠
이런, 말은 당분의 중요 성분
당신이 나를 '나의 소중한'으로 침 발라버릴 때
그만 멕시코만을 나서는 설탕 수송선을 빼돌렸어요
거듭 당신이 나를 부르죠 대답할 때마다
나는 금세 나와 나와 나의
포도송이로 다닥다닥해지는 걸요

달달당을 만들기로 했어요 당신을 추대합니다
나라를 세웁니다 국기봉엔
솜사탕을 내걸기로 했어요

설탕 수송선이 정시에 항구로 든다는 소식
흥건한 나는 다시 나와 나로 무한 증식을 준비하죠
귀를 곤추고 우리라는 넓이에 당신을 초대합니다
추종하는 것으로
침이 흘러넘치는 광장이 됩니다

어서 오세요 욱신대는 당신

이런, 어느새 그림자뿐이군요

모퉁이, 농담들

모퉁이일 때가 사람의 진면목이래

가로등을 세우다 우리가 쉰다
쉰다,는 콧잔등에 맺힌 땀방울에 대한 예의
그의 옆구리도 열둘의 제자가 지켰다던데
결국 옆구리만 한 사원도 없다는 거야?
아니, 가로등을 심는 건 우릴 심는 거라니까

지구도 잠시 자전을 멈추고
흙더미 붉은 귓바퀴를 곧춘 채 듣는다
무엇을 세우려고 구덩이를 파는 건 인간뿐이란 말이지?

그리고 한동안은 질문이자 대답인 농담들

우린 모퉁이잖아, 가로등처럼?
그래, 허공에 과녁을 새기는 십자가처럼
날 저문다, 어서 일 마저 끝내자고

〉

구덩이 가득 붉어지는 지상의 일몰

그런데 대체 언제쯤 우린

됐어! 우린 서로가 돌아들어야 할 모퉁이라니까

나는 날마다 5크로네 정도가 필요한 것 같
습니다*

봄방학 맞은 운동장

한 아이가 공을 차며 논다

학교 벽에 막혀 몇 겹으로 되돌아오는 공보다 큰 소리

빈 골대는 어떤 것도 간절하지 않지

공은 태연히 가장 외진 곳으로 굴러간다

---

* 에곤 실레가 지인에게 보낸 편지의 한 구절. '크로네'는 혼자 공을 찰 때 배가되는 반발 계수
  의 단위.

저탄고에 속한 어둠 중에서 '나' 부분

아흔아홉 칸의 밤, 첫 칸엔 뒤꿈치를 든 촛불 서른두 번
째 칸엔 농을 견디느라 자지러지는 발가락 아흔세 번째 칸
엔 쓰러진 나를 밟고 일어서는 나 아흔아홉 번째 칸에는
모든 칸을 수렴한 채 나를 토닥이는 창고가

나는 모든 꿈들의 대리자
창고를 가리키지 않는 손가락은 해고야 빛에 복종하는
그림자도 지워버릴 테야 어둠에 가라앉으면 비로소 날개
를 펴는 귀, 무릎 당기고 얼굴을 묻으면 푸드득, 날아오르
는 차가운 생각의 불꽃들, 소리가 가장 큰 몸뚱이로 뒤뚱
거리는 밤은 어떻게 내게서 기중기가 되는지

어떤 입구도 사라져, 외피를 들추고 거인의 늑골 깊은
곳을 더듬네 어긋난 문짝이 삐걱- 몇 번 몸 피하다 손을
허락하고 촛농은 간곡한 얼굴을 흘러내리지 아침이면 밤
새 몸을 빠져나간 짐승의 검은 털들, 저탄고에 숨어 나는
어제의 잿더미에서 태아로 발견될 거야

샴, 당신들의 이야기

젖은 손바닥 안, 여객선이 떠나고 있다

줄줄이 끌려가는 구체 관절들, 뿔뿔한 당신들을 이룬 금속성의 단호함, 가로등이 일으켜 세우는 철 대문의 비명, 센서 등이 켜진다

불씨를 삼킨 겨울나무들이 구토하는 계절 어느 예민한 짐승이 숨어 우나

나비 금홍 탐탐

　해 뜨고 꽃 피고 나비 나는 치마폭을 펼치고 그녀가 화
장을 한다 날아오르는 분가루 속, 거울 뒷면 미닫이를 열
면 작아지면서 거듭 나타나는 침방들, 그녀가 개켜놓은
날개 나는, 수납되어 있을게 말하고 그넨 즐거워라 격자
문 칸칸을 닫아건다

　주머니 속 주머니 속 주머니에서 새어 나오는 금홍의
취기 어린 흥금

　지친 그녀 장탄식이 일렁이는 골방, 등짝에 힘줄을 걸
고 농현과 탄주의 시간을 건넌다 촛불이 흔들린다 그림자
켜지고 꺼진다 문갑 속 밤과 낮 층층의 언저리가 붉으락푸
르락 물들어간다

　숨 쉴 때마다 좀약 냄새 아뜩한 여름가을봄겨울이 순서
랄 것 없이 쏟아진다 징검징검 그녀가 기어드는 나는 내장
이 쓸려날까 똥구멍에 힘주며 애 끓이다가도, 풍성한 앞
섶을 펼치고 하염없이 들썩이는 그녀 매번 다른 방 다른

꽃밭으로 봉긋해진다 얏-호, 그렁그렁한 눈물들이 뛰어
내린다 코 박고 홍금홍금 기어든 나를 늑골 어디에 브로치
로 꽂고 여며지는 그녀의 잠

나비였을까 전생은, 음식이 쓰고
꽃이었을까, 금홍은 달달하기만 해서

붉은 눈동자를 끌고 거듭 날아오르는 나비 나는, 금홍
아- 간절히 되뇔 때마다 격자문 칸칸 해 뜨고 꽃이 핀다
금분은분 날개 가득 가루 난다
마당 밖 배 밭은 흐리고 한때 비, 뒤꿈치를 든 여우비와
태양이 쫓고 숨고 달아나는 꽃의 미간에 금홍의 방 한 칸

끼리

짧은 코에 관한 어떤 질문도 금하기로
규칙이니까, 어깨를 들먹이는 것쯤은 이해해줄게
(네 박자에 기대어 나도 눅눅해질 수 있으니까)

상황극의 시간이야
무대가 보이지? 울먹이는 그림자가 있네 다른 그림자
가 다가와 어깨를 다독이네
하나같이 짧은 코를 달고 어느 고도에도 닿을 수 없는
그림자들
고개 돌려 객석을 볼까 코 짧은 이들이 듣지
울 수 없음의 규칙은 지켜야 하므로

어쩌면 우린 이미 다 아는, 모르는 이야기들
큰 소리로 깔깔대다가, 코에 코를 물고
수액으로 쏟아질까 왁자하니
서로에게 아예 입원하기로 할까

네 치례야, 코가 짧아도 코끼리일 수밖에 없다고
말해줄래? 규칙이니까

이별을 켰다 껐네

귀뚜라미가 우네

청진기 속, 톱니바퀴를 헤아리는 금고털이처럼 온몸을
더듬이 한 쌍으로 앞세워 우네

서랍이 쭈뼛거리다가 몸을 포개듯, 문이 누군가를 삼
키고
바깥을 지우듯, 내 안에서 어떤 아는 이가 우네

나는 무른 눈두덩을 가져서
대기권에 끌려든 별똥별의 찰나로 너라는 무한정을 지
나지만

오늘은 귀뚜라미 울음으로 된 고막 한 장이 전부

솔깃한 이 밤을 분질러보면
단면 어느 층에선가 대홍수의 흔적을 더듬어볼 수 있을 것
내 세포들은 그때를 기억하며 켜지지

화장이 다 지워지도록 우는 달, 뒤꿈치를 든 나는 흐릿
하고

소심하게 사과

이력서를 쓰고 사진을 붙이는 나날들

애인과 다투다
시퍼런 칼날을 걸어 돌아온다
낮에 내린 눈 같구나, 잔설로 남은 그대
빙점 아래 밤 11시, 뒤돌아보지 않으므로
눈을 찌르고 떨어져 얼어붙는 불빛 알갱이들

듣고 있니?
돌아오는 길엔 사과 한 봉지를 샀어, 참 붉더라, 알알의
그대, 원시였더라면, 허리에 팔을 두르고 입술을 내밀며
실눈을 뜨겠지 나는 아무 그늘로나 내달았을 텐데, 원시
였더라면

그러나 지루한 골목 끝 빈방
어둠을 열고 석유 두어 되처럼 처진 어깨를 들어부으면
이윽고 보일러가 돌지, 덜컥거리다가
아― 달아오르는 불의 체위들

과도하게 깎아낸 과육은 끝내 접시에 놓을 수 없잖아

귀에 수화기를 댄 채
사과를 깎는다 듣니? 결국엔 나를 깎는 일이라는 거
손잡이가 없는 나는 끝이 뾰족해
주머니란 죄다 구멍내버리지만
다 감싸고 다독이는 그대

유리창 가득 날아든 성에 새들처럼
우리 사과나 쪼을래?
밤새

'혀' 중에서 촛농인 부분

어둠에 두둥실 배 한 척, 밤은

돛을 올려라, 입김으로 가는
배, 그대의 심중에
내 혀는 통점뿐인 아코디언이죠
당신은 쫑긋, 두 귀를 펼쳐 가오리가 되구요
꼬리에 꼬리를 물고 밤새 유영할까요

그러나 오늘은 성냥을 그어요

당장 곤두서는 촛불
불꽃의 중심에서 유선형으로 떠오르는 한 칸 방
우린 만수위로 출렁여야 하죠

소름 준비하셨나요?
아- 하면 오소소, 불꽃이 불타는 물방울이 물방울마다
일어서는 신혼살림이, 아직 초보라서 후- 불어 끈 뒤엔 어
둠이 전부인 빈털터리 마술

〉

그러나 배를 베고 누워 듣는

환한 포구 깔깔거리는 물소리

그댄 내가 짚는 물의 건반을 따라 춤추어야 하죠

당신은 이제 꾸르륵호의 유일한 승객이 되셨습니다

문어꽃 따러 오세요

뒤숭숭한 날엔 어물쩍

어떤 표정도 숨겨주는 어물전으로 오세요

머리 위로만 환한 백열구 아래로 오세요

까르르, 100℃에서 벙그는 꽃, 문어와

삼치의 나이테로 일진을 능칠 수 있는 곳

애인과 함께라면 비좁은 간이 의자를 내어드리죠

넘실대는 파도를 피하는 척 바짝 붙어도 좋아요

누구랑 헤엄치든 상관없지만

아내와라면 질끈 동인 허리띠만큼 에누리도 된답니다

해어화 문어를 안주로

갓 따른 시장 통 막걸리 한 사발 어때요?

언제나 당신 편인 도다리, 말더듬이 농어, 덩달이 꼴뚜
기가 눈치껏 위로를 드리죠

오세요, 배울게 있다면 생선도 선생 되는 곳

무엇을 들켜도 어물어물 문어거든요

민머리 박고 대신 벌 받아드릴게요

뼈대 얘긴 금물, 골치 아픈 먹물도 쏙 뺐답니다

비린내 묻어든 흐린 날이면, 어물쩍

도마에 엉긴 비늘의 알리바이 얻어 가세요

참, 광장시장은 사통 하고도 팔달이랍니다

어때요, 모란

소풍 가자―

손나팔만 해도 짠! 펼쳐지는 샛길 같은 데, 뿌리째 뽑혀와 복사꽃 살구꽃은 꽃답게 팡 팡, 한길 저쪽엔 신호를 기다리며 달뜬 나비들도 많았죠

좁은 듯 넓은 모란은 아련하기가 옛이야긴데, 오른편으로 식육용 개가 왼편으론 애완용 개들이 저마다 코를 박고 킁킁거려서, 살다 사랑하다 지치면 결국 저쪽에 떠넘기나 싶어 송곳니를 으르렁대던, 우리 안의 망종이 슬그머니 꼬리를 마는 곳

이 바닥을 개들은 예전에 끄덕였으려니, 셔츠를 풀어헤친 채 널브러진 취객의 시커먼 맨발바닥과 봄볕을 실랑이 중인 할머니 구부정한 걸음을

어쨌거나 복사꽃 살구꽃 사이, 오뉘처럼 잘 어울리네? 덤으로 이런 인사가 김 오르는 국수 한 그릇을 다투며 견뎌보겠는지, 애완용 꼬리를 흔들며 서로 아찔해지시겠는지 수놓은 모란 이불 아래 뿌리째 뒤엉켜보시겠는지

등에 가지 못한다

발꿈치에 돋은 발가락 방향을 탓하며 살을 파고드는 발
톱 등 뒤엔 언제나 해무가 해적선이 갈고리를 단 후크 선
장이 뒤통수에서 입은 늘 욕지기를 내뱉고 내가 잠들면 후
크도 잠잠 지구를 한 바퀴 돌아야 가 닿을 수 있는 등 뒤이
므로 적이므로 우리는 휴전 중 해적선도 파도도 우린 꿈의
두 끝을 맞접은 데칼코마니라서 그가 뒤챌 때 나는 흔들렸
고 끝내 서로를 뒷짐 져버리던 나날들

주머니뿐인 옷은 말이 너무 많아 금화를 매단 나무들은
어떻게 땅속으로 끌려들면서도 깔깔대지? 그런데 갈고리
손으로 어떻게 너를 어루만지나? 자웅동체의 짐승 우리는

닻 내리는 나를 돛에
달아버렸구나 너는
거울에 비친 애꾸눈의 얼굴을 씻는다
면도기에 묻어나는 그을린 흔적들

등을 향해 달려간다, 밤새
우린 늙어가는지 어려지는지

그 사람

물고기가 있었대요 피 흐르는 생각에 사다리를 내리고 숨 쉬는 일조차 잊어 간간 흰 배를 드러내던, 21그램이나 21만 톤의 무게나 한결같아 하던, 물고기가 있었더라죠 어느 해 가뭄이 와서 깊은 물로 물고기들이 피난을 떠나도 홀로 남아 마른 내를 지키던

물고기가 있었답니다 잠바를 입어도 군복을 걸쳐도 자전거를 타도 아이스크림을 먹어도 물고기일 수밖에 없는, 묵묵히 지느러미를 펼치고 눈꺼풀도 외면할 모가지도 없지만 기꺼이 물을 견디던

우리가 어디 머무는지를 묻다 눈 찡그려 놓쳐버린 물고기, 어느 물속이든 세상 고요해지면 정수리에 날아와 앉는 나비, 혹은 우리네 스캔들의 총량

'반죽' 중에서 어둠 부분

그이와 나 사이엔 한 덩이의 진흙이 있다

그것은 치댈수록 부푸는 종교일지도 모른다

몇 개의 오븐을 지나온 창세기처럼

진흙으로부터, 라는 말은 진흙을 믿는다는 것

이단이라는 것

손가락으로부터 손목이, 이런 순서는

구강기 아이의 장난감처럼 위험하므로 울타리를 가진다

가령, 허리 굽혀 발가락을 꺼내놓는 것으로 진흙은

마침내 폭탄을 훔쳤다고 한다

그와 나와 진흙은 왜 서로를

양파 하나가 한 자루를 썩히지

양파를 까다 평생의 잘못을 뉘우쳐버린
그는 내 안의 후발개도국입니다만

이를테면, 갈릴레오 갈릴레이, 그의 왼손과 오른손이
가리키던 지구는 서로 다른 얼굴이었다죠

그럴 리가요? 아침은 늘 새롭게
어제에 덧씌운 반투명의 오늘
껍질이 그중 알맹이인 양파를 사랑하면서도
어떻게 저 순결을 속죄양 삼았을까요

거울을 깰지 눈을 찔러야 할지는 중요합니다, 루비콘은
아무 데서나 배편을 얻어도 그만인 곳

빈 배는 낭만을 싣고 아찔합니다
겨울은 언제나 봄을 달이느라 끓어오르죠
뱀에게 목을 물린 이들이 뒷골목을 활보합니다

〉

상관없어요 나는 손가락을 깎고, 으레 낮이 밤에 닿는
순간을 기록하고 글씨들은 비명으로 붉어요

지구 기슭에 맞물려 흔들리는 한반도, 여기는
히얘야,
아무 데서나 내릴 수 없는 배

얼룩과 나의 크리스마스

그릇이다, 얼룩은 모든 어둠을 수렴하는 왕

일 년 치 고장을 한꺼번에 수리하는
크리스마스이브는 A/S센터
일곱 천사가 성에의 결정으로 내려앉은 유리창
입김을 분다, 유리막 너머 저 아래 하늘을 찌르는 굴뚝과
꼭 한 번은 체스를 겨루고 싶었어

성에를 녹이며 말을 놓아가는 입김의 체스

가로등이 흐린 불빛을 뻗으며
성큼성큼 도회로 달려가는
크리스마스
내게 어디든 가자는 이런 날의 얼룩은 정수리 뿔로 돋
게 마련
무엇이든 들이받고 싶다

나를 안은 따뜻한 아랫목이 불편하다

이보다 더 얼룩이 활개 치는 순간은 없을 것이다
얼룩은 인간의 내연기관으로 적당하다
뿔이 지워져간다 당장은
무릎을 감쌀 담요를 가졌으므로

내일 얼룩과의 체스는 이렇게 시작하자
헤이 출근 카드, 메리 크리스마스!

모래뿐인 이야기는 싫어

들어볼래? '고파거북'의 이야기
사막에 사는, 거친 식물만 먹어 긴 창자를 갖게 된

온전히 귀 기울이는 것만으로도
푹푹 발 빠지는 모래 바다를 부려놓을게
가장 편한 자세로 들어도 좋아
그럴 때의 사막이 가장 고요하거든

장담해, 내 이야기에 태양은 등장하지 않아

듣기 거북한 사막이 고막 가득 모래를 흩뿌릴 뿐
틈틈이 어둠이 또 그만큼 가라앉은 곳
밤새워 내리는 모래비가
사사사사, 등껍질을 노크하는 소리도 들려줄게
원한다면 너를 등장시킬 수도 있어
아이 좋아, 문을 열고 어둠을 쪼아 옆자리를 비우고
네가 가끔 내 등에 기대는
그뿐이어도 좋아,

〉

한눈에 바다가 보일 것 같은 언덕

늦은 밤 질러든 방에 반짝이던 한 움큼의 석영

모래 새어 나간 손가락 사이, 서둘러 이야기도 빠져나
간다

빈집

도둑이 들었네

패물들이 온전한지 엄마는 방방을 들치고
우린 화들짝 금붙이 되어 반짝이는 척을 하지
나는 현관에 와 닿은 골목 굽이를 세지
굽이 하나가 사라졌네

간밤엔 비가 내렸고 홈통은 엄살이 심했어
빗소리와 꿈이 귀 한 쪽씩을 세 들었기에 우린
각자 온전한데, 잃은 것은 이미 잊어버린 것인지도 몰라
아버지가 운명론자처럼 끄덕이지

집은 길과 이어진 네 면을 가졌어 첫째 길은 꼬불꼬불
해서 서랍을 열면 시장으로 이어지지 두 번째 길은 도처와
모처를 숨긴 두 언덕으로 봉긋한데 손전화와 거울 사이 가
끔 털 검은 짐승이 숨어들기도 해 또 다른 길은 이카루스
와 아들이 매번 비등점 근처에서 녹아내리지 마지막은 길
아닌 길, 장자가 나비와 도덕과 도둑이 거래를 트고 깃털

이 눈으로 쌓여 바닥이 없고

　　훔쳐갈 건 안 훔쳐가고, 엄만
　　잠꼬대를 하며 주머니 속에 들고
　　여동생은 샛길을 질러 나간 지 오래
　　허공에 손 뻗은 아버지가 흐릿흐릿 지워지네
　　낯선 사내와 눈짓을 나눈 내가
　　재빨리 그의 발바닥을 빌려 신는다

3부 전체와 부분

전체와 부분

벽이 밖을 훔쳐보는 4월은 안이 어둡다

등 뒤 거울을 깨면 환해지는 이마의 나뭇가지

철제 벤치를 펀드는 흙이 못내 붉어 꽃이 졌다

그제 가라앉은 배는 거래할 수 없는 품목

매일 인양하지만 여전히 물속이구나

사는 곳이 좀 달라도 열한 시엔 열한 시의 일들이 수장
된다

앞으로 걸어 구두 뒤축이 다 닳았네

골목을 돌 때마다 내게 총을 겨누는 스미스 스미스 스
미스°

〉

달아날 수 없어 모든 의자를 견디며 패배한다

* 성희 〈메트릭스〉이 등장인물들이자 체제

마리에서 로렌까지[*]

침대에 누워 천 길 낭떠러지에서 깼다

온통 금 간 얼굴을 더듬다 손을 베었다 내가 가려운 폐
부에 손톱을 박고 무엇을 긁는지 알지 못할 때도 목 졸라
숨을 확인할 때도 화들짝 아침은 쏟아지고

거기에서도 깃대에 매달린 게 보이나요, 내가? 손 좀 흔
들어주세요

누군가 발견할 때까지 나는 드라이플라워다 지하라구
요? 거긴 늘 여기라면서요

한순간 천 길 절벽이 사방으로 솟는다 벽에 당신을 새
긴다 젖은 얼굴을, 이름을, 긁힌 폐 벽에서 흐르는 피, 깊은
미간을 버티다 쿵! 발등을 찍으며 떨어져 내리는 얼굴들

올려다볼 게 당신뿐이니까, 바닥이에요 여기는

〉

꼬리를 무는 나를 끄덕이고 나면
분쇄기를 지나온 느낌
더 무너지기 전에 함께할래?
하긴 거기가 여기랬지

생의 이면에는 천 개의 태양이 한꺼번에 뜬다지, 뫼비
우스의 띠는 거기인 여기를 뜻한다 다시 태어날 땐 사물의
몸을 빌 것, 뭐가 좋을까?
윤활유를 쳐야 하는 것이라면 뭐든!

삐걱대면서 여기를 떠난다, 안녕

---

* Marie-Antoinette-Josèphen-Jeanne D'Autriche-Lorraine. 마리 앙투아네트의 풀네임.
  한 존재 안의 수많은 서무사들.

연금술사들

유리를 빻으면 갇혀 있던 빛이 질려 하얘지지

발바닥이 지워진 날
1:1로 유리와 빛이 섞인 과거형을 매장한 적이 있지요

벌거벗고 거울 앞에 섰던 날이에요

유골함에서 무릎으로 흘러들던 열기
운구차 창문을 할퀴다가 미끄러지는 물방울들

생은 우묵한 데 담겨지고 있을
우리와 빛을 1:1로 섞는 동안이랍니다

얼음 도시 구획

백야 낮은 하늘밑을 걷는다 왼쪽 꺼진 낭떠러지 쪽은 내가, 까마득 솟은 절벽 쪽엔 당신이, 팔짱을 끼고 크레바스를 건넌다 우린 다른 입맛, 세 치짜리 끄나풀, 맛보려는 돌기들, 노천카페에 들러 각자 맘모스 샌드위치와 매머드 샌드위치를 주문한다 홍적세 가을이거나 빙하기 초입이었을 것이다 빙벽에는 살아남은 얼굴이 웃으며 지난 대선을 복기하고 있다 맘모스와 매머드를, 입 크기를, 우린 누가 살아남아도 서로를 다뤘을 것이다

길은 네거리에서 손을 맞잡고, 누군가 지시하는 우리의 향방을 나는 이해하지 못한다 현생 인류의 꿈은 끝내 붉은 색이라지 머리가 가면 꼬리도 따라가는 피동형, 등에 알을 진 곤충처럼 누울 수 없어 행복하다 꿈에서 밀려나면 팔짱을 풀고 창문 밖으로 뛰어내릴 거야, 안팎을 가늠할 수 없을 때는 가장 먼저 나를 죽인다

사람들이 헤쳐 모인다 샌드위치를 기준으로, 멸종된 듯 얼음에 박혀 입 벌리고 잤다, 잔다, 잘 것이다 2008년 겨울이거나 1980년 봄, 누군가 옆구리를 빵 도려 갔다

몸 밖의 정거장

사원 처마의 풍경으로, 삐걱대는 격자문에 그림자를 기
댄 채 풀 죽어 있기도, 흔들리는 불빛을 뒤좇던 동안의 나
는 흔들림, 초여름 밤의 반디처럼 격도 식도 없이 날기도,
별로 뜨기도 했어 길이 창가를 지나며 휘어지는 것과 나방
의 다비식과 여벌의 그림자가 되묻곤 하던 제 이름과 또
이마의 주름을 펴면 쏟아져 내리던 얼굴들과

손잡이가 닳은 서랍을 만지작거리네 나를 훔쳐간 행선
지로부터 멀어지네

나는 낡은 몇 개 서랍이 달린 장난감 기차, 오후 서랍 속
으로 아이들이 몰려드네 원근법으로 기적이 울고 아이들
은 아무 정거장에서나 뛰어내려 집으로 돌아가지

헐렁한 무릎 여밀 동안 여행도 끝이 보여, 녹슨 못 박힌
꺾쇠를 비틀며 서랍 열렸다 닫히네

'영원*' 중에서 반짝이는 부분

죄조차 길이라면 좋겠네

벚나무 벚나무 꽃 진 그늘에 숨어, 아름드리 소나무를 품어보는 일이 허리를 옥죈 관대 같아 그럭 아린 이승의 맛이다 밤이면 소쩍새 울고 낮엔 송홧가루 날린다 탁란 뒤 안길의 뻐꾸기 날갯짓이 어제의 흉터를 비집고 겹겹이 덧 난다 아픔을 모르는 것은 여기저기 떠돌며 육신을 덜어낸 탓이겠지만

빈집 장독 묵은 장이 소금 알로 삭아 말그레해지는 날. 영원 빗장 지른 편백나무 울타리를 산책하는 이, 햇살 먹은 사금파리를 보았다 한다

* 경기도 남양주시 금곡동에 위치한 영친왕 이은李垠과 비 이방자의 묘역.

해바라기들

골목을 빠져나갈 동안만
손 흔들어주지 않을래?
다시 못 올 길처럼, 나는
이삿짐 트럭 조수석에서 뒤돌아봐줄게
함께 올려다보던 울 밑 기미 낀 하늘은
모두 너의 것으로 남겨둘게
파스처럼 아주 조금의 알싸함이지만
어디서든 등의 지퍼를 내리면
그때 너는 투덜대며 튀어나오는 거야 헬리콥터처럼
어때, 행복하겠지?

창문보다 높이 해바라기가 자랐다 마주 볼 일 없는 해
바라기와 나는 언제나 같은 지점을 응시한다 밑동 낙엽이
질 때 나는 저릿한 손을 털었을까 손 닿지 않는 등에 파스
를 붙일 동안 해바라기를 일러준 게 창문이었나 어느 늦가
을이었나

마지막이네? 창틀을 어루만지며 나는 말이 많아지거나
실어증을 앓겠지 먼 데가 어른대는 병에 첩약을 먹고 몇

번의 삿대질 끝 카메라 셔터 속으로 뛰어내리는 구름의 부축을 받을 거야 아무렴 어때, 팡– 팡– 허공에서 찢겨져 날리는 스냅 사진들, 첫·눈·송·이·들

아주 쓸쓸해하지는 마
나를 실은 트럭의 떨림을 끄덕이노라면
네가 고개 꺾은 쪽을 가늠할 수도 있을 것 같으니까
견딜 수 없는 건
등을 구부릴 때마다 여전히 마른 꽃 대궁이 튀어나온다는 거야
여전히 우린 같은 곳을 바라보고
같은 꿈을 꾸겠지

그런데 나는 왜 점점 발바닥이 얇아지는지

즐거운 수리공

그가 앉아있네

+자 드라이버와 뾰족한 주둥이의 롱로우즈를 들고

상처투성이 수리대 앞에

그가 앉아 있네 작업등 불빛 신의 후광처럼 쏟아지고

그가 수리대 위를 굽어보네

불빛 아래 선풍기가 누워 있네 날개와 보호망

덮개와 플라스틱 피부를 벗어 던진 채

그는 위대하지, 고장 난 모든 것을 수리해내지

쉬지 않고 그는 손을 놀리네 흥건한 땀은

얼굴 위를 기어 다니지만

그를 움직이는 기름이라네

선풍기를 고치네 골조 깊숙이 드라이버를 꽂고

게으른 타이머와 인사를 모르는 목뼈를 어루만지지

'리 루리루 나는 즐거워

세상은 온통 고장 난 것들뿐이니

뒤뚱거리는 무엇이든 고치는 일이 나는 즐거워'

그는 곧잘 노래하네

'내 집 옥상에는 날개가 달린 오리가 살지

(우리도 살지) 휑— 뚫린 허공으로 달아나지 못하고

뒤뚱뒤뚱 날 것들을 쫓기도 하는

오리들이 우스워 (우리들은 우스워)'

그가 앉아 있네 +자 드라이버와

오리 입 롱로우즈를 들고

수리대 위엔 방금 고친 선풍기가 리—루리루,

'나는 우울해, 세상엔 고장 난 것들뿐이니

나는 모든 게 혼란스러워'

그가 앉아 있네 비 오듯 땀은 쏟아지는데

+자 드라이버와 롱로우즈를 팽개친 채

그가 멈춰 있네

얼룩이 가득한 방

손수건 네 귀퉁이, 들려고 보니
왼손과 오른손뿐이다
처음엔 거길 딛고 간 발자국들이나 마주하려던 것

손수건 접힌 자국을 따라 보일러가 돈다

발그레, 화색이 도는 얼굴 하나 예비군복을 입었다
얼굴 둘 방그레, 꽃이라 불리던 당신

우르르, 먼지들이 쏟아져 다행이다
마술을 앓고 마술을 잃은 뒤에야 손바닥 가득한 금들
귀 기울이면 쇠딱따구리가 울고 있다

감당할 수 없는 일들이 짓쳐든다 군화 한 켤레 나뒹군
다 군화에 꽃꽂이를 하는 젖은 얼굴 둘
빈방이 가만히 눅눅해진다

한 장의 손수건, 넓이를 알지 못하겠다

저수지

창고가 아니야, 쇠창살이 있으니까

터널을 지나면 숨겼던 얼굴을 꺼내야 해
그것은 어둠과 양 떼를 뒤섞는 일
침묵해, 목소리가 달라질 거랬어

헬륨을 통과하면 노랑에도 송곳니가 돋지

신발 곰 인형 책가방 부르튼 입술 새끼손가락, 식인상
어 배 속에서 진흙 사람들이 맞는 첫 밤처럼

무슨 말인가 뱉어낼 듯 일렁이다가
기슭을 미끄러지는 거품 사이 스티로폼 조각
우린 어떤 것의 진면목일까 메아리를 허락하지 않는

거대한 헝겊이 사각의 완고한 얼굴을 흔들 때

뱀

1

꿈꾸는 물질 나는, 관자놀이를 찡그린 핏줄, 혹은 두 개의 혀, 당신에게 날름대는 꽃, 홀로그램 속 삼천삼백의 개구리, 등허리 가득 깃든 수만 벌레들의 꿈틀, 꿈의 틀인데 나는, 사월의 산자락을 미끄러지는 불길의

이런 밤들의 열병이라 말하면
그래도 내 행진을 엿보다 끌려드시겠어요?

2

불타는 산을 본 일 있다 그때 나는 인간계와 통정하는 벙어리 부처를 상상했다 삼천만 통점의 혀로 세상을 핥는, 날개란 지상엔 무효한 양식이므로 간절히 가벼워지는 연기의 구도

3

네게 사다리를 놓는 날들이다 자른 발가락 끝으로 걸어 네게서 붉는 참꽃의 나날이다 고통만큼 높은 사다리가 있

을까 더 이상 올라갈 곳 없을 때, 손 놓고 두 발을 뗀다 추락
하는 것으로 거듭 불타는 삼천의 혀를 단 한 입에 물고

　　어떤 원시를 불러야 석 달 열흘 너를 타오를 수 있을까
케찰코아틀, 이 세상 모든 혀들의 총합, 나는 얼마나 작은
불꽃으로 너의 창가를 시작하는가

　　불타는 산
　　케찰코아틀*
　　천천히 내 심장을 씹어 삼키시다

여러분 가슴께

쉿내 나는 생각은 사양해
지붕도 기와도 한껏 키를 낮춘 천불사는
독경 소리랄 것들 천지
명치끝 먹먹한 목어를 달래며 경 외던 이들 돌아가고
천불사는 긍정적인 어둠과 일체가 되지
안녕을 빌고 난 뒤엔 어쨌거나 봉합되는
오늘이라는 야단법석

어느 동네든 네거리의 취기로부터
사람들은 비틀거리며 외진 골목 끝 천불사로 향하지
으슥한 전신주 그늘 아래
벽을 짚은 사람들이 허리춤을 풀고 진저리를 치지
술내 진동하는 토악질과 지린내의 힘으로 불쑥 솟아오
르는
대웅전, 사타구니가 풀어놓는 수만 물고기 떼의
눈부신 산란

부끄러운 자기를 끌어안는 순간

점안되는

당신은 어디서든 당신의 사원이다

종소리

소리 채집가 A 그가 피로 쓴 논문에는 에밀레종의 생이
낱낱이 집음되어 있다 그래프로 빚어진 몸들이 파르르 공
기를 밀고 당기며 들려주는, 그가 끝내 비명이라 적었던
종소리, 무릎을 던져 청동 모자 하나를 얻었다 그가 걸음
을 옮길 때면 비천상이 날개를 펼쳐 그림자로 뒤따른다 금
박 명함으로 치장된 백발의 종루, 일가가 종소리처럼 번
진다

C는 숱하게 이사를 다닌 사람, 최근 그토록 바라던 커다
란 교회 근처로 집을 옮겼다 아득한 높이를 투여하는 종소
리는 그대로 방 한 칸, 기꺼이 끌려들고픈 소굴이자 광장
이다 야음을 틈타 무수한 박쥐들이 새벽 종소리 속에 숨었
다 비둘기로 솟구치는 것을 보았다 저쪽의 가 닿지 못할
세계에 이르는 계단, 신들의 사다리, 혹은 커다란 통로, 종
소리가 울린다, C가 십자가 아래 잠시 경건해진다

우리가 지워버린 F는 없는 듯 있는 듯, 누구도 쉽게 두
드려보지 못한 문, 그의 뒷골목을 슬쩍 피해 간 적이 있다

찡그린 미간, 칼자국을 문 표정이 그의 기우뚱한 전부이
기를, 누구도 돌 되어 날아가지 않기를, 변두리를 떠돌았
고 한때 중앙통을 활보한 적도 있는, 쓰라린 도주의 경험
을 함께하며 우리의 그림자로 살던 사람, 송두리째 부대
끼다 육체 단 하나만 잡혀온 F, 담장 가시 볕에 기댄 그의
순간을 망루 종소리가 성큼 거두어 간다

　2
　상관없다 종소리는
　공평하다

　얕고 넓고 평평하다

꼬리뼈를 뺀 나머지

도마뱀과 인간은 친족 관계였다던데

햇살을 외면할수록 천천히 늙는다
진화는 어느 한 군데를 버리는 것으로 완성된다

제 혀를 삼켜버릴 확률을 구하다 음식과 불화한 수학자가
보험 외판원으로부터 겨울잠 자는 사회를 구매한다

노을의 배후가 굴뚝 무성한 공장 지대라면
모든 가설은 한 번쯤 유효하다, 우린 오누이였어

노을에 취한 당신과 밤에 물든 내가 꼬리뼈의 공통점만
으로 샴이 되었습니다 창문이란 사각의 붉기에 자물쇠를
겁니다 솟구친 뒤엔 으레 가속이 붙는 내리막을 지나 햇
볕은 키들대며 보험 외판을 나가겠죠 내일이군요, 화가가
된 수학자를 면회하러 요양원 가는 날 말이에요

가설극장이 그래요 늘 새로운 입구를 마련하죠

우리 집 동백 구경

선운사 그늘엔 섣부른 동백이 곱다고
친구는 표나 끊어보자 한다
추운 계절이 어른대는 목덜미엔
이른 삼월이 소름으로 돋아 아지랑이인데
망설망설 하다가

바람이나 좀 쐬고 올게
막 문을 나서려는 참
아빠, 다녀오세요 해야지
어린것은 품고 두 녀석은 올망졸망 불러 세운 짙푸른
마누랄 배경으로

하, 그것들 혈색이 붉어
선운사 풍경 소리 못잖을 잔소리를 꾹 눌러 견디기로

나 동백 보고 왔다, 절창이더라

물에서 주운 복숭아는

낚시를 간 길이었는데
저수지에 잇닿은 풀밭까지 가고 말았지요

찰랑거리는 남빛 치마가 초록으로 물드는 저수지 오금
쯤에, 밥 되지 않는 것들은 다 잊겠다던, 이젠 어색한 당신
생각에 채비를 펴다 풀밭에 나앉았겠죠 상처는 아물었는
지, 우리 처음 만난 곳이 여기였나요 물에서 주운 껄끄러
운 복숭아— 내가 일컬으면, 그때마다 이 세상 사람이 아닌
듯, 내가 미간을 좁히면, 당신은 금세 내 발목을 물고 찰랑
거리는 물결, 도화 만발한다는 물의 시원에 닿고 싶어 당
신 껄끄러운 풋내를 한 입 베어 물 때면, 붉은 잇몸이 당신
볼에 부끄러이 고여 와서
풀밭에 앉아 못다 한 낚시나 하죠 누구는 지렁이를 걸
고 누구는 덥석 지렁이를 물고, 상처를 물고 떠오르는 상
처, 그 모든 것을 물결이 쓸어 갑니다 미늘 떼어버린 바늘
끝인데 그 시절이 영 떨어지지 않아

서쪽 하늘엔 복숭아가 익어가고 떼 지어 물고기들이 튀

어 오릅니다 껄끄러웠던 풋사랑, 혹은 복숭아

상처 덧나도록 낚이지 않습니다

고드름이 자라는 방향

자, 찍는다 말하니
종횡으로 우르르 줄지어 선다

아이 입가에 내가, 내 입가에 아버지
입 매무새만으로도 다 들켜버리는

이를테면, 맨 뒷줄
거긴 희끗희끗 겨울, 처마 끝 고드름 손톱이
한 사람을 가리킨다 간당거리는
물방울 아버지
광대뼈 지나 가파르게 흘러내린 턱선
그 아래 연달아 여민 단추가 셋
네 번째 단추를 지우며
아이 추워, 얼굴이 까만 아이

앨범의 배지엔 졸참나무 일가가 층층이
아이 뒤를 내가, 그 뒤엔
아버지, 머리로 치받아 견디는 지붕

처마 고드름이 얼었다 녹으며 펼쳐낸

울타리를 물고 마당이, 댓돌을 물고 마루가

삐걱,

아무도 없는 방 꽂아둔 앨범이 펼쳐져 있곤 한다

질서, 라 부르는 경험

그것은 일제히 강에 뛰어든 누 중 하나가 흙탕물 속으로 사라지는 것

냉장고가 도네 죽은 자에 대한 방부처럼, 슬픔은 짧은 네 발로 악착같이 딛고 서는 것

빙점 아래에서 견고해지는 방부제로 그만인 질료, 다시 냉장고가 도네 비늘 하나를 떼면 놀란 풍선처럼 오늘도 사라질 텐데

악어는 흙탕물 속 자기만의 초원이 있지
튤립의 꽃잎을 헤아리면 겹겹 구근을 다 알게 된다는 듯

단호하게 냉장고가 도네

센서 스위치 너머 죽음은 참다 참다 흘러내리는 선홍색

모든 스프링은 겨울 공장에서 생산된다, 그러나 '모든'을 이해하면 스프링의 탄성도 사라진다

'밤' 중에서 어둠으로만 치댄 반죽

죽은 이가 찾아와 말없이 머리맡을 서성이다

파충류가 낳는 알의 수는 어미의 품는 방법에 따라 달라진다

새는 날고 지렁이는 꿈틀댄다 나는 스물둘에 껍질을 빠져나왔고

101년째 바다장수거북은 솔로몬제도 어느 해안을 기어올랐다가 먼동이 트기 전 사라진다

그 밤은 거북이 맞는 101년 만의 밤

당신이 내게 건너와 저쪽은 처음으로 이쪽이 된다

이제의 헤외 오늘 떠오른 해가 다르다는 확신은

종소리를 숄로 두른 만큼의 온도

〉

마침내 지렁이는 날고 나는 숨겨두었던 구두를 버린다

온몸이 발바닥으로 태어난 사람이 사람을 건넌다

해설

반란하는 스캔들의 총화

이재훈 / 시인

시는 늘 가면을 쓰고 숨바꼭질 놀이를 한다. 생물학적인 육
체로 존재하는 시인의 말은 아주 낮은 음역으로 가라앉고 가
면을 둘러쓴 변사의 말이 크게 도출된다. 무의식은 말들 사
이에서 스스로 번식하거나 낯선 말을 생성한다. 시의 영토는
늘 직간접 경험과 인식의 세계를 결합하여 새로운 주술의 언
어를 토해내거나, 윤리적 각성의 말을 내지른다. 시를 읽으며
느끼는 또 하나의 감정적 처사는 주체에 대해 인식되는 부정
확한 태도이다. 시의 주체는 때론 단언하지만 때론 모호하며
때론 가장 가까이에 있지만 때론 전혀 보이지 않는다. 이 감
춤과 숨김의 변증법이 시의 원리이지만 시의 주체에 대해 얘
기하는 것은 시를 읽을 때 가장 중요한 지점 중 하나이다. 미
셸 콜로는 "나란 자신이 발설하는 말을 통해 그리고 타인들

과의 만남과 사물들과의 만남, 또는 자신만이 지닌 가장 내밀한 이타성과의 만남을 통해 자신을 무의식과의 만남으로 이끄는 무아지경의 운동으로 규정된 존재"라고 말한다.

임재정의 시집은 한 시기에 마련한 시적 세계가 아니라 아주 오래된 시적 가공의 기간이 느껴지는 스펙트럼이 넓은 시집이다. 동심의 자아가 만들어놓은 의인화의 세계, 실존의 예민한 정서를 신경질적으로 누른 착란의 세계, 세속적 욕망에 대한 멸시의 태도를 드러내는 반문명적 세계, 노동하는 시적 주체가 일탈의 경지를 다양한 면목으로 탐지하는 경험의 세계에 이르기까지 다양한 주제적 프리즘을 가지고 있다. 시인은 "나를 좇다가 숨을 놓칠 때"(「귀거래」) 혹은 "눈을 감으면 내가 꺼질 것 같"은 순간을 찾아 헤맨다. 자신의 정념을 주체하지 못하고 토해내는 감정의 주름이 시의 곳곳에서 뛰쳐나온다.

또한 임재정의 시적 주체는 복합적이다. 피학의 주체이기도 하다가 '나비'로 대표되는 상징의 외피를 입기도 한다. 또한 노동하는 주체로서의 목소리를 암시하는 서사를 얘기해주기도 한다. 시인이 내미는 존재는 "우린 앞으로 퇴보하는 생을 즐길 것"(「내연기관들」)이라는 반란하는 인식을 자주 보여준다. 미래가 아니라 과거를, 앞이 아니라 뒤를, 진보가 아

---

* 미셸 콜로, 정선아 옮김, 『현대시와 지평구조』, 문학과지성사, 2003, 193쪽.

니라 퇴보를 지향하겠다는 시인의 목격담은 "뭉턱, 뒤로 천
년이 흐른다"는 종래의 목적을 담보하고 있다. 시인이 감각
하는 기관들은 스스로를 산화하는 피학적 주체가 되곤 한다.
"들끓는 난로"와 "주전자"와 이들이 함께 있는 "빈방"은 모
두 자신을 산화하거나 화형시켜 스스로의 존재를 각인시키
는 대상들이다.

나를 볼까 눈을 찔렀다는 너에게
손목을 잘라 보냈다
잡을까 두려웠다고 단면에 썼다
붉은 소포가 검게 얼룩져 되돌아왔다

뉘신지, 저는 눈 찌른 뒤 그 밖의 것들이 열려, 온 데가 꽃필 것 같습
니다만

밤하늘엔 온통 검은 속 흰자위 하나

발바닥에 든 초승달을 품다
떨리는 꼬리를 얻고 나머진 다 잃었던가요

반목하는, 눈 찌른 밤을 손목 자른 밤에 잇느라
뜬눈으로 가로지르던
새 한 마리

―「이은주」 전문

피학적 시적 대상들을 감각기관으로 삼겠다는 주체의 의지는 "퇴보하는 생"이라는 구체적 삶의 지표를 낳게 된다. 시 「이은주」는 주체의 내면 풍경과 시인의 지향점을 선언적으로 보여주는 시이다. 임재정은 '이은주'라는 호명이 "마침내 꽃이 된 이를 가리키는 일반 명사"라고 지칭하지만 실은 중의적인 명명이라는 점이 더 눈에 들어온다. 시에서 나와 너는 모두 자학적이다. 자신의 눈을 찌르고 손목을 자른다. 이러한 자학의 이유는 "나를 볼까" 혹은 "잠을까" 하는 두려움 때문이다. 문제는 눈을 찌른 뒤의 결과이다. "눈 찌른 뒤 그 밖의 것들이 열려, 온 데가 꽃필 것" 같다는 고백을 한다. 자학의 결과물은 오히려 꽃필 것 같다는 희구의 정서를 얻는다.

꽃필 것 같은 마음은 시를 쓰게 하는 마음과도 상통한다. "발바닥에 든 초승달을 품"은 시간의 흐름 속에서 얻은 것은 이미지이다. 눈을 찌르고 손목을 자른 주체는 서로 반목하는 관계가 아니라 확인하는 관계로 읽히는데 시인은 이 둘을 반목의 관계로 파악한다. 그 긴장 속에서 이 두 주체를 이으려고 시도한다. "눈 찌른 밤을 손목 자른 밤에 잇느라/뜬눈으로 가로지르던/새 한 마리"라는 이미지를 얻는다. 그 뜬눈으로 가로지르던 새 한 마리는 시인의 얼굴과 중첩되어 다가온다.

이러한 사정은 「몹시 구릿한 로켓」에서 더욱 실감 있게 드러난다.

1

　춘천 어느 닭갈비집엔 양변기 두 개 나란한 화장실이 있죠 거기서 나
는 당신 구린내를 연료로 날아오르는, 희고 둥근 엉덩이 로켓을 보았습
니다만, 안녕? 그때 내가 건넨 인사는 로켓에 대한 예우였을까요 어떤
좌표를 가졌기에 우린 발사대에 마주 앉았을까요

2

왜 있잖아 그때, 네가 말하고
맞아 그런 적 있지, 끄덕이는 나를
훅- 찌르고 가는 냄새
얼굴을 찡그리면 말도 구려지드라, 나는
내일은 더 구릿해야 사는 것 같은데
네가 나사고 내가 드라이버여도, 내게 비집고 네가 박혀도 우린 함께
꿈꿀 권리의 이쪽과 저쪽, 그러나 비눗갑에 불어터진 나는 손 내민 네
게서 미끄덩
　완벽한 하나면서 우린 불안한 둘

다 그렇지 뭐, 쪼그리고 바투 앉아
네가 끄덕이는 내 꼴이 큼큼할까 봐
사는 게 냄새지, 얼버무리다가
먼저 일어서기 머쓱해
나란히 변기 두 개는 좀 그렇다 그치?
그러자 대뜸 큰 소리로 쏟아지는 물

아무렴!

—「몹시 구릿한 로켓」 전문

이 시의 착상은 아주 재미있다. 양변기 두 개가 나란히 놓여 있는 화장실에서 화자와 "당신"이 함께 볼일을 본다. 화자는 양변기를 발사대로, 볼일을 보는 자의 엉덩이를 로켓으로 비유하며 서로의 대화를 이어나간다. 어떤 대화가 오고 가는가. 과거의 시간에 대한 공유된 체험을 "왜 있잖아 그때" 혹은 "맞아 그런 적 있지"라는 대화로 이어나간다. 시인은 "내일은 더 구릿해야 사는 것 같"다고 얘기한다. 시인은 이 구릿함의 일상과 미래에 대한 판단을 먹고 싸는 일차원적 본능을 해결하는 가장 비루한 장면을 통해 간접적으로 시사한다. 시인과 당신은 서로 신뢰하는 관계이다. "완벽한 하나면서 우린 불안한 둘"이라고 말한다. 양변기 두 개가 놓인 화장실에서 함께 볼일을 보는 것은 가까운 사이가 아니면 쉽지 않은 상황이다.

가까운 사이에 서로의 날것을 보여주었을 때의 당혹감을 "먼저 일어서기 머쓱해/나란히 변기 두 개는 좀 그렇다 그치"라고 말하는 것으로 퉁친다. 사는 것은 구린 것도 참아야 하는 일상을 견디는 일이다. 산다는 것의 비루함을 온몸으로 체감하며 산다. 이런 일상의 시간 속에서 우린 매일 새로운 "로켓"을 쏘아 올린다. 발사대에 앉아 구린 로켓을 장전하는 우리의 일상을 보여준다. "아무렴!"이라고 말하면서.

시인이 자아를 인식하는 존재 증명은 부재의 대상을 통해서 자주 이루어진다. 눈사람에게도 가계가 있다는 시인의 사연은 어딘지 슬프고 아련하다.

　수염을 달아 어른인
　사람, 풀풀한 사람 눈사람

　어제 눈 더미를 굴려
　나를 뭉쳐낸 아버지, 아이야 어디 있니
　나는 반듯한데 삐딱한 햇빛의 시비
　집에선 그림자째 사라진 네가
　대못 친 다락에서 불쑥 발견된다 해도
　놀라지 않으마, 나 눈사람은

　(햇빛의 스파이)

　수염에서부터 서둘러 녹아내리는 꿈의 부동자세
　마술을 잃은 아이는 위태롭단다, 그러므로

　또 한 차례 지상을 휩쓰는 눈보라의 주문
　철철 달리는 물의 철도도 구름의 바퀴도
　다 같이 공존할 수 있는 곳, 다락방
　아주 작은 창가에 쪼르르, 달라붙어
　어이, 아버지 네 다락방에
　나를 데려다주지 않겠니, 난 네 아들이니까

　흘러내리는 수염을 붙잡고 물소리로, 어쨌거나 흠!

　―「눈사람의 가계」 전문

「눈사람」은 색다른 상상력을 함유한 시이다. 가계는 자신의 뿌리를 인식시켜주는 운명적 혈연관계를 상징한다. 시인은 가계를 금방 사라질 수 있는 낙인으로 인식한 듯하다. 시의 화자가 눈사람이기 때문이다. 눈사람과 관계 맺은 주된 타자는 "아버지"이다. 아버지는 나를 뭉쳐낸 사람이다. 그리고 다락으로 유폐된 혹은 투신한 사람이다. 아버지가 선택한 다락의 공간은 시의 화자가 가보고 싶은 이상적 공간이다.

시인이 "눈사람"을 말한 것은 우연한 사건이 아니다. 눈사람은 시간이 지나면 녹아 사라지는 존재이지만 눈사람에게도 "가계"가 있다. 가계는 자신의 뿌리를 인식시켜주는 낙인이다. 눈사람은 "수염을 달아 어른"인 사람이다. 눈사람을 만들어낸 아버지는 눈사람이 늘 부르짖거나 질문을 던지는 대상이다. 그 질문은 자신의 존재에 대한 질문일 것이다. 눈사람은 "햇빛의 스파이"이다. 결국 버티다가 "서둘러 녹아내리는" 존재이다. 그것이 "꿈의 부동자세"이다. 눈사람과 그의 아버지가 공존할 수 있는 곳은 "다락방"이다. 그 다락방에 데려가 달라고 항변한다.

여기서 화자인 그 사람과 아버지에 대한 시인의 태도는 우리에게 많은 것을 던져주고 있다. 눈사람은 "수염을 달아 어른인" 사람이다. 즉 수염만 달았지 아직 어른으로 성장하지 못한 화자이다. 또한 나는 "눈 더미를 굴려" 뭉쳐낸 사람이다. 금방 녹아 사라질 수 있는 존재인 것이다. 그러므로 시에서는 또 다른 가면이 등장한다. 바로 "아이"이다. 아버지는 다락으로 투신하거나 도망가버린 존재이다. 즉 화자인 눈사람과 아버지는 모두 부재의 존재 혹은 자기 부정의 존재이다. 아이 또한 "어디 있니"라고 찾아야 하는 존재나 "마술을 잃은" 존재이다.

시에서 비밀이 있다면 눈사람은 "햇빛의 스파이"라는 은유이다. 햇빛을 중요한 상징으로 해석할 수도 있지만, 햇빛은 그저 눈사람의 원형에 대한 상징으로 기능한다. 정작 중요한 배경은 "다락"이다. 다락은 시에서 지속적으로 등장한다. 아버지가 사라진 공간이 다락인데 화자는 그 다락으로 함께 가고 싶다는 소망을 직시한다. 그 소망이 아이러니로 읽히지는 않는다. 왜냐하면 "난 네 아들"이라는 운명적 결속을 다시 한번 내뱉는 것은 지나칠 만한 수사가 아니기 때문이다.

시는 선문답으로 마감한다. 이미 녹아가는 사라지는 존재를 붙잡고 하는 말은 "물소리"이다. 그 말은 "어쨌거나 흠!"이다. 시인의 입사 제의와도 같은 고백은 우화의 공간으로 각색되어 다양한 상상력을 선사하고 있다. 부정의 아름다움은 이런 지점에서 발생한다.

모차르트와 칸트는 잘 몰라요 미 구 대하면 묻고 열 받은 만큼 체온이 변할 뿐이죠 스패너 말이에요 내 손바닥엔 그와 함께한 숱한 언덕과 골짜기로 가득해요 지친 날엔 함께 사촌이 사는 스페인에 갈 수도, 집시

로 가벼워질 수도, 공통적으로 우린 공장 얼룩 비좁은 통풍구 따위에
예민합니다

초대합니다 나의 반려물들과 친해져보아요 틱증세가 있는 사출기
는 덩치가 커다랗지만 사춘기고요 스패너는 날렵한 몸매에 입과 항문
을 구분하지 않아요 악수할까요? 융기와 침하를 거듭하는 진화론을
두 손 가득 담아드리죠

아홉 시 뉴스를 쓸어 담은 찌개가 끓어요 (패륜이란 내가 스패너를
버리거나 스패너가 나를 분해할 경우) 세제로 지문에 퇴적된 기름때를
문지릅니다 무지개를 문 거품을 분명한 목소리로 무지개라 부릅니다

함께 늦은 저녁을, 숟가락에서 마른 모래가 흘러내려요 건기인가 봐
요 우리를 맺어준 물결은 어제처럼 흔적뿐
몇 개의 공장 지나 강을 따라 우린 바다에 닿을까요 출항을 꿈꾸는
침대가 삐걱댑니다 마침내 스패너는 분무하는 고래가 되고 나는 검푸
른 등을 타고 남태평양을 항해하는 꿈, 당겨 덮습니다

　　—「스패너와의 저녁 식사」 전문

　　스패너는 공구이다. 시인은 공구에게, 특별히 스패너라는
사물에게 자신을 투사하여 스패너의 대리인을 자처하고 있
다. 다른 시에서도 이러한 화자는 간혹 등장한다. 가령 "+자
드라이버와 뾰족한 주둥이의 롱로우즈를 들고/상처투성이
수리대 앞에/그가 앉아 있네"(「즐거운 수리공」)의 부분에서 그

는 시인의 퍼소나로 읽힌다. 여기서도 자아를 투사하는 대상이 공구라는 점은 눈여겨볼 만하다. 스패너라는 시적 대상의 특성으로 비추어볼 때 시인은 스패너를 통해 '노동의 주체'를 상징적으로 드러내는 것을 짐작할 수 있다. 하지만 노동의 주체로 볼 때 위의 시는 여러 가지 잉여의 지점을 낳는다. 시적 주체는 스패너를 통해 너무 다양한 실존적, 미학적 관계들을 설정하기 때문이다. 거기에서 시인의 상상력은 다양하게 파생되어 등장한다.

즉 스패너는 시적 주체와 관계 맺은 운명적 도구이지만, 시인은 스패너를 노동의 도구로만 사용하지 않는다. 오히려 자신의 실존을 상징하는 적극적인 매개로 사용한다. 모차르트와 칸트를 짐작하거나, "숱한 언덕의 골짜기"나 "스페인"이나 "집시"를 꿈꾼다. 시인의 꿈은 스패너의 꿈이기도 하다. 또한 "공장 얼룩 비좁은 통풍구 따위"에 민감한 생활의 습관을 공유하는 관계이다.

그가 소개한 스패너와 사출기는 시인에겐 자신의 실존을 투사하는 가장 큰 상상력의 산물로 역할을 한다. 괄호로 되어 있는 "패륜이란 내가 스패너를 버리거나 스패너가 나를 분해할 경우"는 가장 솔직한 고백이다. 이 고백으로 인해 "우린 바다에 닿을까요"라는 이상향을 얘기한다. "스패너는 분무하는 고래가 되고 나는 검푸른 등을 타고 남태평양을 항해하는 꿈"은 시인의 이상향이며 스패너의 이상향이다.

인사해

내 친구 포크레인이야

천천히 혀를 말고 포-크-레-인 해봐

손잡고 돌던 멜로디를, 소녀를

황토밭을 내닫는 소나기를 만날 수도 있지

아- 알았네, 이런 얼음덩어리들 하고는

꼭 Rain이 아니면 어때, 근사하잖아

이름만으로도 설렐 친구가 있다는 거

여기저기 장지를 떠도는 일이

꺼림칙했을까, 딸꾹질은

나잇살이나 먹은 목젖을 흔들어 깨우고

목숨은 죽어서도 저마다 구근 한 알인데

소개할게, 이쪽은

꽃나무를 심고 화단을 꾸리는 미스터 포크레인

동행자, 나의 숟가락, 거대한 주걱으로 영혼의 밥그릇 다독이는 이,

일 다 마친 氏가 묘지 한쪽에 쉴 때면 합장한 품새가 좋이 명산대찰 큰

스님이라니까

어허, 사람들

어깨들 풀고 인사 좀 놓으라니까

이쪽은 포크레인이야

　　―「내 친구는 정원사」전문

스패너를 시적 주체의 대리자로 삼는 앞의 시에서처럼 위의 시도 포크레인이 시인의 영혼과 맥이 닿는 시적 대상으로 역할을 한다. "포크레인"은 시인에게 친구이며 게다가 "이름만으로도 설렐 친구"이다. 포크레인은 시인에게 하나의 기구가 아니다. "동행자"이며 "영혼의 밥그릇을 다독이는" 친구이다. 포크레인 친구와 함께 하는 곳은 "장지를 떠도는 일"이다. 마지막 죽음의 공간을 파고, 메우고, 다독이는 일은 마치 구도의 길을 걷는 일처럼 느껴진다. 그렇기에 시인에게는 "묘지 한쪽에 쉴 때면 합장한 품새가 좋이 명산대찰 큰스님" 처럼 느껴지는 것이다. 그리고 시인은 포크레인을 "정원사" 라고 명명한다. "장지를 떠도는 일"을 하는 포크레인을 "정원사"로 비유하는 것은 특별한 의미가 있다. 무엇인가를 깨끗하게 정리하는 일이기 때문이다. 이러한 의미의 행위가 시적 주체에게도 적용된다는 함의를 띠고 있다.

임재정의 시에서 눈에 띄는 것은 '나비'라는 소재가 반복적으로 시적 주체를 대리하는 대상으로 상정된다는 점이다. 시 「나비 금홍 탐탐」에서 "금홍"과 "나비"는 혈연관계처럼 서로 상대적이면서도 비슷한 처지를 갈망한다. "분가루"와 "취기", "농현"과 "탄주"의 삶을 극복하는 것은 "붉은 눈동자를 끌고 거듭 날아오르는 나비"를 발견하면서부터이다. 나비는 "금분은분 날개 가득 가루" 날리는 존재로 치환된다.

물고기가 있었대요 피 흐르는 생각에 사다리를 내리고 숨 쉬는 일조
차 잊어 간간 흰 배를 드러내던, 21그램이나 21만 톤의 무게나 한결같
아 하던, 물고기가 있었더라죠 어느 해 가뭄이 와서 깊은 물로 물고기
들이 피난을 떠나도 홀로 남아 마른 내를 지키던

물고기가 있었답니다 잠바를 입어도 군복을 걸쳐도 자전거를 타도
아이스크림을 먹어도 물고기일 수밖에 없는, 묵묵히 지느러미를 펼치
고 눈꺼풀도 외면할 모가지도 없지만 기꺼이 물을 견디던

우리가 어디 머무는지를 묻다 눈 찡그려 놓쳐버린 물고기, 어느 물속
이든 세상 고요해지면 정수리에 날아와 앉는 나비, 혹은 우리네 스캔들
의 총량

—「그 사람」 전문

물고기는 "피 흐르는 생각"으로 가득 차 있다. 물고기는 무
게와 상관없이 살아가며 가뭄이 와도 떠나지 않고 마른내를
지키는 존재이다. 자신이 철저히 물고기라는 점을 깨닫는 존
재이다. 시에서의 물고기는 "그 사람"이다. 시의 화자는 "그
사람"을 물고기로 비유하여 그 사람을 기억하려 한다. "그 사
람"을 기억하는 계기는 "우리가 어디 머무는지를" 물었을 때
였다. 물고기는 늘 그 자리에 있었기에 물고기를 잊고 지낸
것이다.

"물고기"와 "그 사람"을 설명하는 수식어는 "묵묵히"와

"견디던"이다. 여기에서도 나비가 깨달음을 표상하는 소재로 등장한다. "그 사람"은 "물고기"이며, 물고기의 시간이 우리가 기억해야 할 삶이라는 것을 "세상 고요해지는" 시간에 이르러 슬쩍 알려주는 존재는 나비이다. 또한 나비는 "우리네 스캔들의 총량"이라고 한다. 스캔들은 불명예스러운 일에 대한 상징적 언어인데, 인간의 삶에서 발생하는 스캔들의 총량이 우리의 깨달음과 같다는 시인의 직관이 발아한 표현이다.

나비는 겹눈으로 시적 주체를 보거나 세상을 바라본다. 즉 견자의 눈을 상징하는 것이 '나비'이다. 또한 새로운 이상의 세계로 날아갈 수 있는 존재이며 벌레가 탈피하여 새로운 존재로 화(化)한 이상적 존재가 나비이다. 시인에게 시는 "우편함에 날아든 나비"(「나비」)가 아닐까. 그것이 시인에게는 "지구에서 만난 가장 눈부신 혼인색"이며 "봄꿈"을 꾸는 "당신"이니까. 임재정의 시집은 "온몸이 발바닥으로 태어난 사람이 사람을 건너"(「'밤' 중에서 어둠으로만 치댄 반죽」)는 도정을 담은 시간의 기록일 것이다. 그가 나비의 눈으로 통일된 어떤 세계를 집중력있게 몰고 갈 때, 그 시적 에너지는 우리에게 큰 무게로 다가올 것으로 확신한다.

문예중앙시선 55

내가 스패너를 버리거나 스패너가 나를 분해할 경우

초판 1쇄 발행 | 2018년 2월 26일
초판 2쇄 발행 | 2020년 7월 15일

지은이 | 임재정
발행인 | 이상언
제작총괄 | 이정아
편집 | 송승언

발행처 | 중앙일보플러스(주)
주소 | (04517) 서울시 중구 통일로 86 4층
등록 | 2008년 1월 25일 제2014-000178호
판매 | 1588 0950
제작 | 02 6416 3933
홈페이지 | jbooks.joins.com
네이버 포스트 | post.naver.com/joongangbooks

ISBN 978-89-278-0920-3 03810

문예중앙은 중앙일보플러스(주)의 문학 단행본 브랜드입니다.

문예중앙시선 목록